Man-Koso

W0373900

Inhalt

Kapitel		Seite
1	**Vorwort - Der mündige Patient am Start**	**5**
2	**Deutsche Man-Koso Pioniere**	**7**
3	**Was ist Man-Koso?**	**10**
3.1	Physische Zusammensetzung und Entstehung	10
3.2	Um Man-Koso rankt sich der Mythos vom braunen Mus	12
4	**Wir essen uns krank**	**14**
5	**Gibt es einen Weg aus diesem Dilemma?**	**17**
5.1	Heilen Sie sich selbst!	17
5.2	Übernehmen Sie Verantwortung für ihren Körper	18
5.3	Fermentierte Lebensmittel als Medizin	19
5.4	Man-Koso: Der Höhepunkt der asiatischen Kräutermedizin Warum? Was kann Man-Koso?	20
5.4.1	Enzyme sind das Geheimnis des Lebens	21
5.4.2	Was ist das Außergewöhnliche an Man-Koso?	21
5.4.3	Der Schlüssel liegt in ursächlicher Heilung statt Symptombekämpfung	23
5.4.4	Lebensmittel als bioaktiver Leckerbissen	25
5.4.5	Aktivierung der intelligenten Körperpolizei	26
5.4.6	Biologischer Rostschutz gegen Freie Radikale	27
5.4.7	Reinigung von Giften	28
5.4.8	Stärkung bei Chemotherapie	28
5.4.9	Hilfe bei Streß und den Folgen	29
5.4.10	Erfolge bei Autoimmunerkrankungen	30

Man-Koso

5.4.11 Unterstützung bei Gefäßerkrankungen 30
5.4.12 Aktivierung von Körperfunktionen und Regeneration 31
5.4.13 Unterstützung des Atem-Apparates 31

6 Heilungskrisen 31

7 Tiermedizin 32

8 Allgemeine Regeln 32

9 Man-Koso auf einen Blick 35

10 Erfahrungsberichte 36

10.1 Erfahrungsberichte Mensch 36
10.2 Erfahrungsberichte Tier 49

11 Schlußwort: Warum Neues sich so schlecht durchsetzt 51

Anhang - Der wahre Grund, warum Man-Koso entwickelt wurde 52

1 Vorwort - Der mündige Patient am Start

„Deine Nahrung sei deine Medizin" - so sagten es einst die alten Griechen. Im Ernährungsbericht der Bundesregierung ist von diesem bewährten Motto für die Erhaltung der Gesundheit nichts zu lesen. Im Gegenteil: Die Deutschen, so geht aus dem Bericht hervor, essen zu viel Zucker, zu viel Fett und sie bewegen sich zu wenig.

Der tagtägliche Selbstmord mit Messer und Gabel kann an einer nackten Zahl festgemacht werden. 68 Prozent der Deutschen sterben inzwischen an ernährungsbedingten chronischen Zivilisationskrankheiten wie Herzinfarkt, Krebs, Rheuma und Diabetes.

Seuchenartig haben sich diese innerhalb der letzten fünf Jahrzehnte aufgrund des schlechten Lebenswandels der Bevölkerung und des Fehlens einer effizienten Gesundheitskultur ausgebreitet. Mit dramatischen Folgen für das Gesundheitswesen.

Eine Gesundheitserziehung und bessere Aufklärung tun not. Vorbeugen ist immer noch besser als heilen.

Der mündige Patient sehnt sich förmlich nach einer ganzheitlichen Naturheilkunde und alternativen Therapien - auch aus Mißtrauen gegen die meist nur Krankheitssymptome bekämpfende akademische Schulmedizin.

Die heilenden Wirkungen von Methoden wie beispielsweise der Akupunktur, Homöopathie, Vitamintherapie und von Sauerstoffverfahren sind inzwischen längst nachgewiesen. Es gilt, im Wirrwarr des heilkundlichen Marketings die Spreu vom Weizen zu trennen und das richtige Angebot zu finden.

Die vorliegende Broschüre beschäftigt sich mit einem Produkt, das auf intelligente Weise den Ursachen einer Krankheit auf den Grund zu gehen weiß und das aus Asien endlich seinen Weg nach Europa gefunden hat.

Man-Koso, der Enzym-Mix aus Japan, gilt als Höhepunkt der asiatischen Kräutermedizin und verblüfft jetzt auch hierzulande mit unglaublichen Heilerfolgen. Informieren Sie sich über ein Präparat, das aufgrund einer uralten, raffinierten Gärtechnik die Kraft der Natur für den Menschen wieder freigesetzt hat.
Also folgen Sie mir – lassen Sie Ihre Nahrung wieder Ihre Medizin sein.

Herzlichst

Ihr Dr. Robert Goldberg

Man-Koso

2 Deutsche Man-Koso Pioniere

Dr. med. O. Bengert:
„Als Human-Mediziner mit vielseitigem Interesse nicht nur an Randgebieten, sondern an den Geheimnissen des Lebens an sich, wurden mir die Grenzen der klassischen und modernen Medizin immer wieder schmerzlich bewußt. Kritisch gegen Nicht-Faßbares, d.h. Phänomenen gegenüber, die man nicht messen und berechnen kann und durch die zahlreichen, allseitig angepriesenen „Wundermittel" eher abgestoßen, wurde mir in Man-Koso ein nicht nur glaubwürdiges, weil offensichtlich reell hilfreiches Lebensmittel gegen viele Probleme zuteil, die medizinisch sozusagen hinter bisher verschlossenen Türen lagen. Gleichzeitig wurden mir biologische Abläufe bewußt und erklärt, denen sich in Zukunft unsere forschende Neugier widmen wird.

Dr. med. vet. Helmut Zartner setzte als einer der ersten Ärzte in Deutschland Man-Koso bei kranken Tieren ein.

Und inzwischen weiß sich Dr. Zartner vor Patienten kaum noch zu retten. Schnell machten Meldungen von „wundersamen Tierheilungen" in seiner Praxis die Runde. Hunde und Katzen, die an Hautallergien, Tumoren oder nicht verheilenden Wunden litten, wurden überraschend schnell wieder gesund, nachdem der Arzt die Japan-Paste auf deren Zähne geschmiert hatte.

„Das Mittel ist sehr energetisch und vitalisiert unheimlich", sagt Zartner überrascht. Wahrscheinlich potenziere die extrem lange Reifung die ohnehin schon heilende Wirkung der Pflanzen auf eine feinstoffliche Art, die mit den Instrumentarien der heutigen Naturwissenschaft nicht zu messen sei, vermutet er. Hund „Bully" wurde seinen Krebs in vier Wochen los, Kater „Kümmerling" konnte nach einer schweren Darmkrankheit innerhalb von Tagen wieder normal fressen.

„Die Wissenschaft nennt solche Fälle Spontanheilung, die Kirche spricht von Wunder", sagt Zartner mit einer Spur Ironie in der Stimme. Für ihn ist der asiatische Frucht-Gemüse-Cocktail so etwas wie die „Essenz des Lebens".

Kritische Stimmen, die hinter den Heilungen starke Placebo-Effekte und schlichte Einbildung vermuten, will Zartner nicht gelten lassen: „Wenn Tiere und Pflanzen so auf das Mittel ansprechen, kann man diesem eine Wirkung nicht absprechen.
Da spielt der Glaube keine Rolle".

Dem deutschen Pionier in Sachen Japan-Paste aus folgen inzwischen auch mehr und mehr Humanmediziner. Keine Krankheit scheint zu dramatisch zu sein als, daß das Mus nicht doch noch einen Hoffnungsschimmer böte.

Und: In jedem Fall – ausnahmslos auch bei schwersten Erkrankungen - erhöht Man-Koso die Lebensqualität und bringt eine Lebensverlängerung.

Liebe Leser,

erst einmal möchte ich Sie beglückwünschen, daß Sie in den Besitz dieser Unterlagen gelangt sind und sich nun die Zeit nehmen, sich mit diesem so besonderen Produkt zu befassen. Das heißt, Sie sind auf dem richtigen Weg und damit gehen Sie in die richtige Richtung, um sich und Ihrem Körper Wohlbefinden und ein glückliches Dasein zu ermöglichen.

Bitte bleiben Sie unterwegs nicht stehen und folgen Sie diesem Weg weiter. Er kann für einige von Ihnen leichter und schneller zu bewältigen sein als für andere unter Ihnen. Bitte geben Sie nicht schnell auf und vor allem: Hören Sie in sich hinein und achten Sie auch auf kleine Veränderungen in Ihrem Körper, die mit Ihrem Problem an sich nicht offenbar in Zusammenhang zu stehen scheinen. Denken Sie bitte dran, der Körper ist als Ganzes zu sehen und nicht als Stückwerk von Teilen, die untereinander nicht kommunizieren und agieren.

Die aktuelle Medizin ist so weit fortgeschritten in der Diagnose, hinkt aber in der Therapie um einiges hinterher. Zudem verhin-

dert oftmals der Zustand des Patienten den Beginn und die erfolgreiche Durchführung einer der Krankheit angemessen, erfolgversprechenden Therapie.
Ich war anfangs sehr mißtrauisch, als ich von diesem einzigartig fermentierten Enzym-Mix aus Japan erfuhr. Zugegebenermaßen war auch mein Wissensstand die Fermentierung von Enzymen betreffend nicht ausgereift, da diese Herstellungsweise bei uns noch sehr wenig Beachtung fand.
Nachdem mir von unterschiedlichen Bekannten über dieses Lebensmittel erzählt wurde, versuchte ich es an einigen meiner kleinen vierbeinigen Patienten. Und es stellte sich heraus, daß gerade Kleintiere mit schwer heilenden Wunden oder sehr schwachem Allgemeinzustand äußerst positiv darauf reagierten. Grammweise auf die Schnauze gestrichen - und das nur ein - zweimal pro Tag, stabilisierte sich ihr Zustand innerhalb weniger Tage oder Wochen. Meine Patienten mit inoperablen Tumoren, die keine Chance mehr hatten, verbesserten ihren Körperzustand enorm und fanden zu einer stabilen Körperform zurück. Die Tumore reduzierten sich oder verschwanden teilweise sogar ganz. In vielen Fällen konnte ich die Operation erfolgreich durchführen, die mir der vorherige Zustand meiner Patienten niemals erlaubt hätte.
Diese nun placebo-unbehaftete Reaktion meiner Patienten auf dieses großartige Produkt ließ meine Skepsis reichlich schwinden. Tiere sind nicht manipulierbar. Sie geben ihrem Körper die Chance, auf das Gute gut anzusprechen.
Nun vertraue ich seit einigen Jahren auf Man-Koso und kann es allen Menschen wie Tieren - auch zur Prophylaxe nur wärmstens empfehlen. Stärken Sie Ihre Selbstheilungskräfte beizeiten und geben Sie den Krankheiten erst gar keine Gelegenheit, Ihr Immunsystem anzugreifen. Nutzen Sie diese Gelegenheit auch für Ihre vierbeinigen Lebensgefährten, schließlich wollen Sie sie nicht verlieren. Nun überlasse ich Sie der Lektüre, während deren ich mich noch öfter zu Wort melden werde und auch Fallbeispiele aus meiner Praxis beisteuern werde. Wenn Sie am persönlichen Kontakt mit mir interessiert sind, stehe ich Ihnen dafür gerne zur Verfügung.

Ihr Dr. Helmut Zartner

Man-Koso

3 Was ist Man-Koso?

Man-Koso ist ein Lebensmittel.

Genauer:

Man-Koso ist ein fermentiertes Enzym- und Aminosäuren-Konzentrat und ein hervorragender Radikalenfänger!

Dutzende rein pflanzliche Zutaten wie Zitrusfrüchte, Obst, Gemüsesorten, Getreide, Honig, brauner Zucker reifen nur unter Zugabe von Hefe und Milchsäure mindestens drei Jahre und drei Monate nach einem ausklügelten System in klimatisierten Hallen. Man-Koso ist reine Natur und enthält keinerlei chemische Zusätze oder Konservierungsstoffe. Selbst die Rohzutaten sind kontrolliert angebaut und werden rein biologisch erzeugt.

Man-Koso ist ein exzellenter Radikalenfänger und entlastet das körpereigene Immunsystem von dieser anstrengenden und kraftraubenden Aufgabe. Das Immunsystem kann sich so seiner Grundbestimmung widmen: Den Körper immun gegen Krankheiten zu halten!

3.1 Physische Zusammensetzung und Entstehung

Von Avocados bis zu Zitrusfrüchten reicht die Palette der enthaltenen Rohstoffe – insgesamt sind es mehrere Dutzend Ingredienzien. Ungemahlener Reis, Soja, Sellerie, Honig sind ebenso in der dunklen Paste enthalten wie Nüsse, Meerespflanzen, Algen oder seltene Wurzeln. Auf den ersten Blick nichts was den Nimbus eines Wundermittels nachvollziehbar machen würde.

Für den Entwickler des Japan-Mus sind es nicht in erster Linie die Inhaltsstoffe allein, welche die heilende Wirkung ausmachen. „Es ist die Verarbeitungsweise nach einem altbewährtem Rezept", erzählt Dr. Shingoro Matsuura. Die im „Seto Inland

Man-Koso

Sea National Park“ auf rund 70.000 Quadratmetern biologisch speziell für diesen Zweck angebauten Pflanzen werden von dem Biochemiker zwischen drei und sieben Jahren unter Zusatz von braunem Zucker, Milchsäurebakterien und Hefepilzen auf natürlichem Weg vergoren.

In tonfarbenen Bottichen reift die geheime Lebenskraft unter den gestrengen Augen des asiatischen Alchimisten bei einer konstanten Temperatur von zehn Grad Celsius in klimatisierten Hallen heran, um die biologisch aktiven Substanzen in den Pflanzen nicht zu zerstören. Der aufwendige Fermentierungs-Prozeß gilt inzwischen in Asien als der vorläufige Höhepunkt der Jahrtausende alten japanischen Kräutermedizin.

Ihre Wurzeln hat die Gärmethode in der uralten Kunst der Schnapsbrennerei – denn Dr. Matsuura steht in der elften Generation von Sakebrauern. „Vor hundert Jahren hat einer meiner Vorfahren bei der Fermentierung von Reisschnaps einige Substanzen entdeckt, die Krankheiten heilen“, so der Wissenschaftler. Gleich nach seinem Studium hatte er die uralte Rezeptur schließlich in einem Lagerhaus entdeckt.

Bis heute hat Matsuura niemandem die Formel für das Lebenselixier verraten, das er ursprünglich für schwangere Frauen entwickelte. Embryos sollten im Mutterleib gesund heranwachsen und Geburten weniger riskant sein. Mit akribischer Forschungstätigkeit perfektionierte der Naturwissenschaftler mit seinem inzwischen auf 300 Forscher angewachsenen Entwicklungsteam den geheimnisumwitterten Gärungsvorgang.

In 30-jähriger Forschungsarbeit fand er heraus, daß es „Enzyme und die daraus entstehenden Aminosäuren sind, welche die Lebensenergie im Menschen wieder voll aktivieren können“. Dabei gilt: Je länger die Fermentierung desto feiner das Eiweiß und die Anzahl der Aminosäuren. Die kürzeste Gärung dauert genau drei Jahre und drei Monate. „Sie ist von der alter japanischen Weisheitslehre vorgegeben und entspricht drei Regenzeiten“, so der moderne Magier Matsuura.

3.2 Um Man-Koso rankt sich der Mythos vom braunen Mus

Immer wenn H. L. von seinem dunkelbraunen „Breichen" erzählt, leuchten seine Augen. „Diese Energie kannst du einfach nicht erklären", sagt er, „die mußt du einfach selbst spüren." Nach einer Prostata-Operation hatte er keinen Bissen mehr herunter gebracht und als dann die Ärzte auch noch Tochtergeschwülste des Prostatakrebses in seiner Lunge feststellten, hing sein Leben nur noch am seidenen Faden.

Heute hat der 85-jährige frühere Elektroingenieur seinen Appetit wieder gefunden und die unerträglichen Schmerzen sind ebenso verschwunden wie sein Krebs. Alle drei Monate geht er zur Nachuntersuchung, doch die Tests zeigen auch nach Jahren durchgehend das gleich gute Ergebnis.

Seine seltsame Wunderheilung führt der frisch vitalisierte Rentner aus Erlangen auf den Genuß eines fermentierten Frucht-Gemüse-Konzentrats aus Japan zurück. Drei kleine Dosierlöffelchen von dem Enzym-Mix habe er täglich als letzte Rettung genommen – die Wirkung sei bereits nach Tagen so gewesen, als ob er einen „neuen Motor" eingebaut bekommen hätte.

L.'s euphorische Worte passen zum Mythos, der sich um das geheimnisvolle Mus von der Insel Innoshima in Europa und speziell in Deutschland aufbaut. Selbst bei therapierten Kranken soll das als schlichtes Lebensmittel angebotene Pflanzenpräparat helfen, das angeschlagene Immunsystem wieder zu aktivieren und eine Genesung zu beschleunigen.

Ob Tumore, Rheuma, Asthma, Neurodermitis oder Allergie – das nach Pflaumen schmeckende dickflüssige Gebräu gilt inzwischen als medizinisches Allzweckmittel gegen die ganze Bandbreite der chronischen Zivilisationserkrankungen.

Der japanische Super-Extrakt kann aber anscheinend nicht nur Todkranke wieder in Schwung bringen, er scheint auch das reinste Ambrosia für Tier und Erde zu sein. Um die Wirksamkeit seines Enzym-Konzentrats eindrucksvoll unter Beweis zu stellen, versprühte der Biochemiker sie - in stark verdünnter Form mit Wasser - alle zwei Monate auf die wachsenden Früchte in seinem Versuchsgarten hinter dem Firmengelände. Die Früchte gediehen daraufhin in beeindruckender Weise.

Solch ungewöhnliche Demonstrationen explosionsartiger Lebenskraft hat aus dem Firmensitz eine Pilgerstätte für Rettungssuchende aus aller Welt werden lassen. Und auch die Wissenschaft wendet sich inzwischen dem lange skeptisch beäugten Phänomen zu. Neueste Studien an der Universität Kumamoto beispielsweise haben gezeigt, daß das Vitalstoffkonzentrat die Anzahl der Abwehrzellen nach Krebsoperationen deutlich erhöhe.

Die Folge sei eine schnelle Regeneration, berichtet Prof. Hiromichi Okuda. Der Mediziner fand auch heraus, daß das vergorene Pflanzenpräparat Histamin abbaut, was zu Heilerfolgen bei Allergien und Hauterkrankungen geführt habe. Chemotherapien würden leichter vertragen, Wundheilungen verliefen schneller als üblich.

„Wenn die Schulmedizin nicht mehr helfen kann, empfehle ich gerne bei allen Krebsarten das Enzym-Konzentrat, vor allem auch als Zusatz zur Chemotherapie," sagt der Chirurg Prof. Dr. Mohammed Nasser. Subjektiv fühlen sich die Patienten wohler, der Appetit nimmt zu und die Überlebenschance erhöht sich.

Die Selbstheilungskräfte würden zu unglaublicher Intensität angeregt, berichtet Prof. Nasser. Oft operiert er Patienten mit schlechtem Allgemeinzustand erst nachdem sich diese einer mehrwöchigen Mus-Kur unterzogen und ihr Immunsystem aktiviert haben: „Der Körper nimmt sich genau die Enzyme, die er braucht – der Stoffwechsel wird sichtbar angekurbelt. Und die Lebensqualität wird in jedem Fall erhöht!"

Auch H. L., der Pensionär aus Erlangen, schreibt derweil weiter fleißig an der Legende von der schon unheimlichen Macht aus den Bottichen des Dr. Matsuura. Auch nach seiner Genesung löffelt der 85-Jährige weiter an seinem braunen Breichen.

„Ich will", so sagt er mit Inbrunst, „daß mir kein Krebs mehr schaden kann".

4 Wir essen uns krank

Unser Essen wird immer ärmer an Vitalstoffen

Ernährungswissenschaftler schlagen Alarm: Weil die Tonnenideologie in der Landwirtschaft, die Fast-Food-Mentalität und der Gebrauch des Mikrowellenherdes überhand nehmen, sind in unserer Nahrung kaum noch Vitalstoffe vorhanden.
Das Resultat ist ein starker Anstieg der Zivilisationskrankheiten wie Herzinfarkt, Krebs oder Diabetes. Nahrungsergänzungsstoffe als Zusatz zum normalen Essen sind inzwischen nach Ansicht der Forschung kein Luxus mehr, sondern existentielle Notwendigkeit.

Dr. Bodo Kuklinski nimmt kein Blatt vor den Mund. „Die meisten Europäer leiden an einer schleichenden Unterversorgung mit Mikronährstoffen wie Vitaminen, Mineralien und Spurenelementen," sagt der Leiter des renommierten Rostocker Diagnostik- und Therapie-Zentrums für Umweltmedizin. Für den deutschen Vitaminpapst ist klar, daß dieses Defizit der Hauptgrund für die Hauptkrankheiten unserer Zeit ist.

Die industrielle Landwirtschaft mit ihrer Tonnenideologie habe zu einem dramatischen Abfall des Vitamingehalts in den Nahrungsmitteln geführt. „Wir verhungern im Überfluß", stellt er unverhohlen fest und belegt diese Aussage mit Beispielen. Nach Untersuchungen am europäischen Zentrum für Immuntherapie und Immunforschung an der Schwarzwald Privat-Klinik Oberthal in Baiersbronn verringerte sich beispielsweise der Kalziumgehalt einer Kartoffel in den letzten 20 Jahren um 70 Prozent von 14 Milligramm je 100 Gramm auf vier Milligramm.

Der Vitamin C-Gehalt in Spinat schrumpfte um mehr als die Hälfte und der in Erdbeeren um 67 Prozent. Das lebenswichtige Vitamin B6, das unter anderem die Konzentrationskraft und das Immunsystem stärkt, verminderte sich bei Bananen sogar um 92 Prozent. Der Anteil der Folsäure sackte um 84 Prozent ab. Die Möhren verloren 57 Prozent an Magnesium.

Obst und Gemüse sehen zwar appetitlicher aus als je zuvor und sind lange haltbar. Doch im Inneren macht sich zunehmend eine Vitalstoff-Leere breit. So sieht auch das Deutsche Institut für Ernährungsmedizin und Diätetik (D.I.E.T.) inzwischen einen großen Vitaminmangel in der Bevölkerung. Vor allem die Vitamine D und E sowie Folsäure würden über die Nahrung nur unzureichend aufgenommen. Beim Vorliegen eines Vitaminmangels sei die Einnahme von natürlichen Vitalstoffen in Form von Ergänzungsmitteln inzwischen zwingend notwendig geworden.

„Eine künstliche Multivitamin-Brausetablette zu nehmen", sagt der Berliner Ernährungswissenschaftler Christian Opitz, „ist so, als ob ich einem Verhungernden verdorbenes Brot zu essen gäbe. Es nährt auch ein wenig". Mit dem drastischen Vergleich nimmt der renommierte Forscher die Eßgewohnheiten in deutschen Landen aufs Korn – den verstärkten Griff nach nährstoffarmen Fastfood- und Fertiggerichten sowie den hoffnungslosen Versuch, den entstehenden Vitalstoffmangel mittels chemisch erzeugter Vitamine wieder zu beheben. So absorbiert beispielsweise im Fall der Mineral-Brausetabletten das eingenommene Kalzium einen so lebenswichtigen Vitalstoff wie Zink.

So wie Opitz sprechen sich mehr und mehr Ernährungsforscher gegen den Verzehr von synthetischen Vitaminen aus den Labors der Pharma-Industrie aus. Denn was im Reagenzglas erzeugt wird, kann vom Körper nur zu einem geringen Teil aufgenommen werden und muß weitestgehend ohne positive Wirkung bleiben.

Effektive Nahrungsergänzung wird mehr und mehr zu einer existentiellen Frage: Während beispielsweise die Aufnahme der zur Gesunderhaltung nötigen Mikronährstoffe über die Nahrung noch vor zehn oder 20 Jahren weitestgehend gesichert war, sieht es heute in Zeiten der extremen industriellen Landwirtschaft düster aus. Der optimale tägliche Vitaminbedarf ist bei weitem größer, als die Mengen, die wir mit unserer täglichen Nahrung zu uns nehmen, erkannte bereits der zweimalige Nobelpreisträger Linus Pauling.

„Mehr als zwei Drittel aller Deutschen zwischen 50 und 55 Jahren leiden an subklinischen Mangelerscheinungen", warnt der Präventivmediziner und Ernährungsexperte Prof. H. Liesen. Es gibt inzwischen eine endlos lange Defizit-Liste an Vitalstoffen - und das trotz verstärktem biologischen Landbau und Einschränkungen in der Massentierhaltung.

Ein geschwächtes Immunsystem, ständige Müdigkeit, Konzentrationsstörungen und Schlafprobleme sind die Folge der schleichenden Unterversorgung. Vor allem der Körper älterer Menschen kann sich kaum noch regenerieren. Forscher der Universität Heidelberg stellten bei der Untersuchung von 300 Achtzigjährigen fest, daß zwei Drittel unter Vitamin-Mangel litten.

Das Vitalstoffdefizit wird noch durch die Benutzung von Mikrowellenherden angeheizt. So stellten zwei Schweizer Biochemiker in einer bisher einzigartigen Studie fest, daß die Aufnahme von Mikrowellen-Nahrung zu sofortigen krankhaften Reaktionen des Immunsystems führt.

Die künstlichen Mikrowellen führen im menschlichen Gewebe zu starken Resonanzschwingungen von Atomen, Molekülen und Zellen. Reibungswärme entsteht und die Nahrung wird warm. Natürliche Mikrowellen haben solche Auswirkungen nicht.

Die Resonanzschwingungen im Gewebe führen nach Ansicht der Forschung zu starken Veränderungen der Struktur vieler Moleküle, es kommt zu so genannten Isomerisierungen.
Diese veränderten Moleküle stellen unlösbare Anforderungen

an den Stoffwechsel und wirken sich deutlich nachteiliger aus als die durch konventionelle Gärungsverfahren erzeugten artfremden Substanzen.

5 Gibt es einen Weg aus diesem Dilemma?

5.1 Heilen Sie sich selbst!

Lieber gesundheits-bewußter Leser, nehmen Sie sich die Zeit und lesen Sie, wie einfach es im Grunde genommen sein kann, die eigenen Selbstheilungskräfte zu aktivieren...

Sie befassen sich mit Ihrem Körper und seinen Funktionen?

Herzlichen Glückwunsch!

Und Sie wissen: Sie sind für Ihren Körper und sein Funktionieren selbst verantwortlich und können aktiv etwas dafür tun, ihm dieses Funktionieren so leicht wie möglich zu machen.

Rund 80% aller Zivilisationskrankheiten sind auf eine falsche Ernährung zurückzuführen. Chemische Zusätze, Farbstoffe, Geschmacksverstärker und Konservierungsstoffe in unseren Lebensmitteln schaden unserem Körper mehr als sie nutzen. Das Obst und Gemüse in unseren Discountläden und Supermärkten wird unreif geerntet und erreicht uns nur, weil es mit Pflanzenschutzmitteln gespritzt wurde.

In unseren Lebensmitteln sind nur noch geringe Anteile an Spurenelementen, Mineralstoffen und Vitaminen enthalten, verglichen mit deren Gehalt vor etwa 40 Jahren. Der Preis der industriell hergestellten Lebensmittel für unseren Körper ist hoch. Die materielle Hülle wird gefüllt, aber sie bekommt viel zu wenig wichtige Nährstoffe. Als Folge reagiert der Körper mit Fehlfunktionen und wird schließlich krank.

Man-Koso, der hervorragende Radikalenfänger, entlastet das Immunsystem von dieser Aufgabe und stellt es für seine Hauptaufgabe frei! Den Körper immun zu halten vor Krankheiten.

Bereits der weise griechische Gelehrte und große Ernährungspionier Hippokrates erkannte:

„Eure Nahrungsmittel sollen Eure Heilmittel und Eure Heilmittel sollen Eure Nahrungsmittel sein."

Mit anderen Worten:
„Ernährt euch gesund, und Ihr werdet gesund sein."

5.2 Übernehmen Sie Verantwortung für Ihren Körper

In Asien dachten die Menschen schon viel früher darüber nach, wie sie ihren Körper für die Anforderungen des täglichen Lebens fit erhalten können. Sie erkannten, daß die Qualität der täglichen Nahrung entscheidend ist. Die asiatische Ernährungsweise ist viel stärker als die westeuropäische an den Bedürfnissen des menschlichen Organismus orientiert. In Asien hört man mehr auf seinen Körper und hört auch mehr in ihn hinein.
Verarbeitungsweisen von Lebensmitteln sind in Asien schonender als in Europa. Starkes Garen und Kochen schadet den Lebensmitteln. Mineralstoffe und Vitamine gehen dadurch verloren und dem Körper müßte ein Mehrfaches an Nahrung zugeführt werden, sollte er regelmäßig mit dem versorgt werden, was er zum Leben braucht. Sanfte asiatische Zubereitungsweisen hingegen schonen die Lebensmittel. Langsam lernen wir von den Asiaten und analysieren, woraus ihre gesunde Lebensweise resultiert.

Was aus dem täglichen Leben vieler Asiaten seit langer Zeit nicht mehr wegzudenken ist, sind fermentierte Lebensmittel. In Ihnen liegt der Schlüssel zur Selbstheilung.

Man-Koso

5.3 Fermentierte Lebensmittel als Medizin

Fermentiert bedeutet:

Aufgeschlüsselt in die Bestandteile oder auch vorverdaut.

Die Fermentation ist eines der ältesten Methoden zur Haltbarmachung von Nahrung. Fermentierte Lebensmittel gelten schon seit Jahrhunderten als wertvoll für die Ernährung und ihnen wird eine positive Beeinflußung der Darmflora sowie eine Stärkung des Immunsystems nachgesagt.

!

Bei der Fermentation werden mit Hilfe von mikrobiellen Enzymen Lebensmittel verändert. Während des Umwandlungsprozesses ändert sich deren Geschmack und Geruch, Beschaffenheit und Nährwert. Ursachen für die konservierende Wirkung und Unterdrückung des ungesunden Bakterienwachstums sind die Reduktion des pH-Wertes und der Abbau leicht verfügbarer Kohlenhydrate.

5.4 Man-Koso – der Höhepunkt der asiatischen Fermentationstechnik

Warum? Was kann Man-Koso?

Die bislang großartigste Entwicklung auf dem Gebiet fermentierter Lebensmittel gelang dem japanischen Biochemiker Dr. Shingoro Matsuura bereits vor fast 30 Jahren. Durch eine einmalige Kombination von etwa 50 Nutzpflanzen und einer einzigartigen Fermentierungstechnik gelang es ihm, die bioaktiven Substanzen dem Körper in vorverdauter Form verfügbar zu machen und diesen damit in bisher nicht gekanntem Maße zu stärken.
Die Familie Matsuura braute zwölf Generationen lang den Reisschnaps Sake und wußte bereits vor Hunderten von Jahren um die Bedeutung des nicht-alkoholischen Gärprozesses für Nahrungsmittel.

Der Nachfahre Dr. Shingoro Matsuura erkannte das Potential und die Kraft der Rezeptur, die er in einem alten Lagerhaus seiner Familie fand und entwickelte sie weiter.

Sein ursprüngliches Ziel war, ein Lebensmittel zu entwickeln, das schwangere Frauen während der Schwangerschaft unterstützt und sie gesunde Babies zur Welt bringen lässt.

Man-Koso vereint eine Kombination rein natürlicher, unbehandelter, natürlicher pflanzlicher Zutaten, die in geheimnisvoller Weise mindestens drei Jahre und drei Monate vergoren werden. Das Endprodukt ist ein unglaublich energiegeladenes Enzym- und Aminosäuren-Konzentrat, das im Körper geradezu Wunder vollbringen kann. Die Selbstheilungskräfte werden zu Höchstleistungen animiert.

Ein gesunder Körper ist gesund, weil er seine Probleme selbst bewältigen kann.
Ein Körper mit Beschwerden hingegen kommt mit seinen Problemen allein nicht zurecht.
Er braucht also Unterstützung.
Erhält der geschwächte Körper nun diese Hilfe und kann seine Selbstheilungskräfte steigern, ist er wieder in der Lage, seine Probleme in den Griff zu bekommen.

Man-Koso fängt die Radikalen und macht das Immunsystem so frei für seine eigentliche Aufgabe.

5.4.1 Enzyme oder Das Geheimnis des Lebens

Die Forschung kennt die Bedeutung von sogenannten Enzymen als Katalysatoren im Organismus schon lange. Enzyme sind Eiweißmoleküle, die chemische Reaktionen beschleunigen. Sie sind für eine gesunde Ernährung und den Stoffwechsel unverzichtbar. Die Verringerung des Enzymgehalts ist beispielsweise eines der wesentlichen Merkmale des Alterungsprozesses. So sind im Körper eines 25-Jährigen manche Enzyme dreißigmal mehr vorhanden als im Körper eines 80-Jährigen. Hinter ihnen verbirgt sich das Geheimnis des Lebens.

Bislang sind etwa 1.500 dieser Enzyme bekannt, aber es gibt wahrscheinlich etwa 100.000 verschiedene Arten. Sie übernehmen laufend unersetzliche Aufgaben und können diese nur perfekt wahrnehmen, wenn der Körper es schafft, sie vollständig aufzuspalten. Man kann sich Enzyme als riesige Eiweißkörper vorstellen, die in ihrer nicht aufgeschlossenen Form vom Körper nur zu einem geringen Prozentsatz aufgenommen werden. Stehen dem Körper aber aufgespaltene Enzyme in Form von Aminosäuren zur Verfügung, ist seine Funktionstüchtigkeit merklich erhöht und er hat Kraft, Probleme abzuwehren.

5.4.2 Was ist das Außergewöhnliche an Man-Koso?

Man-Koso ist einzigartig.

Und warum?
- *Man-Koso ist rein natürlich*
- *Man-Koso enthält keine chemischen oder anderen Zusatzstoffe*
- *Man-Koso ist frei von Schadstoffen*
- *Man-Koso Zutaten sind ausnahmslos rein biologisch erzeugt*
- *Man-Koso reift mindestens drei Jahre und drei Monate*
- *Man-Koso hat keine Nebenwirkungen*
- *Man-Koso kennt keine Wechselwirkungen*
- *Man-Koso tut jedem Lebewesen gut: Mensch - Pflanze - Tier*
- *Man-Koso wirkt ursachenbezogen, nicht symptomatisch*
- *Man-Koso ist einzigartig in Zusammensetzung und Herstellungsart*
- *Man-Koso stärkt unabhängig vom Alter und körperlichen Zustand*
- *Man-Koso ist Energie pur*

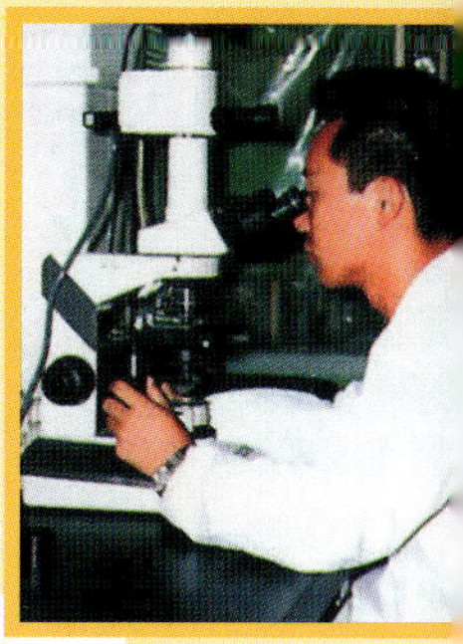

Man-Koso

- *Man-Koso arbeitet systematisch alle Probleme im Körper auf*
- *Man-Koso löst Blockaden und Stauungen*
- *Man-Koso führt den Körper in den Gleichgewichtszustand*
- *Man-Koso stellt die Urharmonie im Körper wieder her*
- *Man-Koso hilft dem Körper, die Grundinformationen der Natur wieder zu erkennen*
- *Man-Koso orientiert den Körper in Richtung der Heilung*
- *Man-Koso bewirkt in jedem Zustand eine Verbesserung der Lebensqualität*
- *Man-Koso schickt seine Energie dorthin, wo sie am dringendsten gebraucht wird*

Durch die außerordentlich lange Fermentierung werden nicht nur die Enzyme, die in jeder einzelnen gesunden Zutat enthalten sind, in ihre Bestandteile aufgespalten oder aufgeschlossen.

Bei einer konstant niedrigen Temperatur gären die Rohmaterialien nichtalkoholisch in Bottichen und zersetzen sich. Nach einer Zeitdauer von drei Jahren und drei Monaten ist dieser Vorgang so weit fortgeschritten, daß eine sogenannte „Vorverdauung" stattgefunden hat.
Das bedeutet, daß alle Bestandteile für die Aufnahme durch den Körper frei verfügbar sind. Selbst geschwächte Organismen oder solche, deren Aufspaltungsfunktion nicht einwandfrei ablaufen kann, gelangen so in den Genuß der Bestandteile der vegetarischen Nahrung, die ihnen im Normalfall auf natürliche Weise nicht zur Verfügung gestellt werden könnten.

Funktioniert die Aufspaltung der Nahrung nicht einwandfrei, sind lebenswichtige Enzyme für den Körper nicht verfügbar und es können sich teils bedrohliche Defekte einstellen. Was tun, wenn der Körper nicht in der Lage ist, diese Arbeit selbständig zu erledigen?

Ihr Körper braucht Unterstützung.

Wir wissen: „Leben" ist das geregelte Zusammenwirken aller Vorgänge, die von Enzymen im Körper gelenkt werden.

Durch das Verabreichen aufgeschlossener Nahrung in Enzyme und Aminosäuren eröffnet sich ein grundlegend neuer Ansatz, den eigenen Organismus wieder in sein Gleichgewicht zu bringen.

Was kann Man-Koso?

Man-Koso, das fermentierte Lebensmittel ist ein idealer Radikalenfänger. Man-Koso entlastet dadurch das körpereigene Immunsystem von der Aufgabe freie Radikale zu fangen und kann sich seiner Aufgabe widmen, Krankheiten abzuwehren.

5.4.3 Der Schlüssel liegt in ursächlicher Heilung statt Symptombekämpfung

Der Körper erstarkt und kann sich selbst regenerieren. Eine Unterbrechung, ja Umkehrung der falschen Richtung kann eingeleitet werden. Der Weg ist frei für eine kausale Heilung, denn diese gelingt nur durch Selbstheilung.
Statistiken beweisen, daß die vorgegebene Lebensdauer und Lebensqualität eines Menschen direkt proportional von der Funktionstüchtigkeit des körpereigenen Enzymsystems abhängen.

Laut weltweiten Untersuchungen leiden über 80% der Bevölkerung an einem Vitalstoff- und Enzymmangel.

Bei der Geburt und auch durch das Stillen erhält jeder Säugling einen großen Vorrat an körpereigenen Enzymen mit auf den Lebensweg. Um gesund und vital zu bleiben, kommt es darauf an, dieses Enzymdepot aufrecht zu erhalten. Mit steigendem Alter und erhöhter Belastung schwindet das ursprüngliche Depot und es muß aufgefüllt werden!

Sinkt der Vorrat an Enzymen und deren Bestandteilen, den Aminosäuren, treten Probleme auf.

Die ersten Symptome dafür sind beispielsweise Müdigkeit, Konzentrationsschwäche, Infektanfälligkeit, Hautprobleme, allgemeine Unlust und Verdauungsstörungen. In diesem Stadium kann es schon zu Zell- und Gewebeschäden kommen, die in späteren Jahren zwangsläufig zu schwersten Zivilisationserkrankungen führen.

Man-Koso stellt dem Körper Enzyme und Aminosäuren in rein natürlicher Form und frei zur Verfügung.

Was bewirken diese Stoffe im Körper?

- *Sie binden Gifte und Freie Radikale - aggressive Sauerstoffmoleküle -und sorgen für ihren Abtransport*
- *Sie bauen arteriosklerotische Ablagerungen (Cholesterin) in den Gefäßen ab*
- *Sie regeln die Fließeigenschaft des Blutes und vermeiden so Thrombosen*
- *Sie schalten blockierte Nervenleitungen frei*
- *Sie bewirken die Wundheilung und Schmerzlinderung*
- *Sie regulieren den Säure-Basenhaushalt*
- *Sie sorgen für das Gleichgewicht in Magen und Darm*
- *Sie regeln das hormonelle System*
- *Sie wirken Fehlsteuerungen entgegen, die Autoimmunerkrankungen auslösen (Gelenkleiden, Arthrose, Multiple Sklerose)*
- *Sie verstärken den Heilungsprozeß bei Infektionskrankheiten (Bakterien, Viren)*
- *Sie erkennen und vernichten entartete Zellen*

5.4.4 Bioaktiver Leckerbissen

Sie werden fragen:

Wie kommt man in den Genuß solcher funktionstüchtiger, körpereigener Enzyme - und das bei der nährstoffarmen Nahrung, die uns heute nur noch zur Verfügung steht?

Man-Koso

Die Antwort:

Über Man-Koso, dem raffiniertesten aller fermentierten Lebensmittel, das durch den langen Gärungsvorgang die Vielzahl der Enzyme der Rohzutaten bereits in ihre Bestandteile aufgespalten hat. Sie stehen dem Organismus wie in einem Selbstbedienungsladen unmittelbar zur Verfügung.

Man-Koso stellt für den Körper einen bioaktiven Leckerbissen dar, auf den er sich stürzt, weil dieser alles enthält, was er zum perfekten Funktionieren braucht.

Ist der Körper nämlich durch die geballte Kraft der aufgespaltenen Enzyme gestärkt,

- ***beugt das Krankheiten vor***
- ***unterstützt dies die Heilungsvorgänge bei fast jeder Krankheit in erstaunlicher Intensität***
- ***verjüngt dies und schenkt Energie***

Die aufgespaltenen Eiweißmoleküle leiten im Körper eingelagerte Gifte aus und beugen einer Einlagerung von Giften vor - Blockaden werden gelöst. Zudem wird das Autoimmunsystem in richtige Bahnen gelenkt. Die Moleküle entsäuern den Körper und wirken so gleichzeitig einer Übersäuerung entgegen. Sie aktivieren die Funktionen des Stoffwechsels und regulieren ein gestörtes Hormonsystem.
Man-Koso führt den Körper in ein Gleichgewicht. Es sorgt für eine gute Blutqualität. Diese ist eine Voraussetzung für einen gesunden Körper und reibungslos ablaufende Funktionen. Der Enzym-Mix bringt die Zellatmung in Schwung, indem es die roten Blutkörperchen und deren Sauerstofftransportfähigkeit in Aktion setzt. Die weißen Blutkörperchen werden in ihren Reinigungsfunktionen gestärkt - ihrer Grundaufgabe. Zugleich werden die körpereigenen Killerzellen nachweislich angeregt.

Man-Koso

5.4.5 Aktivierung der intelligenten Körperpolizei

Das bedeutet, Man-Koso erkennt, wo Handlungsbedarf im Körper ist. Deshalb wird es von seinem Erfinder Dr. Shingoro Matsuura auch als „intelligentes" Lebensmittel bezeichnet.
Das Präparat hat aus diesem Grunde kein abgestecktes Indikationsfeld - es wirkt als Körperpolizei und arbeitet dort, wo es Herausforderungen zu bewältigen gilt.

So kann es durchaus vorkommen, daß es verwendet wird, um ein gewisses bekanntes Leiden oder eine Störung zu beheben - ***und trotz längerer und konsequenter Einnahmen, stellt sich keine Verbesserung ein.***

Bei genauer Beobachtung des Körpers allerdings ***läßt sich feststellen, daß ein anderes Problem auf einmal verschwunden ist. Also arbeitet Man-Koso systematisch ein Problem nach dem anderen auf.***
Wir erkennen oft ein Folgeproblem als Grundproblem, aber in Wirklichkeit verhält es sich gerade entgegengesetzt.
Zu diesem Erkennen der Prioritäten ist Man-Koso fähig.
Nur: Zeit muß für diese Aktionen eingerechnet werden.
Ebenso wie die Probleme nicht von heute auf morgen aufgetreten sind, verschwinden sie nicht spontan. Geben Sie Ihrem Körper die Zeit, sich von seiner Krankheit zu befreien, mit der er zu leben gelernt hat

5.4.6 Biologischer Rostschutz gegen Freie Radikale

Man-Koso erkennt schädliche Freie Radikale, stärkt Antioxidantien und wirkt auf diese Weise als hervorragender Radikalenfänger.

Wie kann ich mir das vorstellen?
Freie Radikale entstehen in der Umwelt oftmals durch Sauerstoff und Licht und sind ein Bestandteil unseres Immunsystems. Schlechte Lebensführung, Rauchen, Alkoholkonsum, Kaffee, Streß begünstigen das Entstehen von freien Radikalen. Nehmen

sie freilich überhand, bewirken sie einen Vorgang im Körper, der dem Rosten gleichkommt. Je mehr Rost der Körper an den verschiedensten Körperteilen ansetzt, umso größer sind die Einschränkungen, mit denen er leben muß.

Freie Radikale reagieren äußerst aggressiv und haben nur ein Ziel: sie rauben sich ein Elektron von einem anderen Molekül, um den eigenen Mangel zu beheben. Das beraubte Molekül wiederum holt sich das nun fehlende Elektron im Gegenzug bei einem anderen Molekül. So entsteht eine fatale Kettenreaktion, die in der Regel unumkehrbar ist und zu schwersten Schäden führen kann – bis hin zur Zerstörung der menschlichen Zellstruktur mit seinem Erbgut.

Was der Körper braucht, um nicht unzählige Elektronen an Freie Radikale zu verlieren, die unzähligen Molekülen fehlen, ist ein sogenannter Radikalenfänger oder Elektronenspender. Man-Koso wirkt im Körper als ein solcher Radikalenfänger und stellt Freien Radikalen die Elektronen zur Verfügung, die sie brauchen, um sie wieder ganz zu machen. Ziel ist es, den Körper vor diesen aggressiven Sauerstoffteilchen zu schützen und diese in Zaum zu halten, indem sie schnell mit Elektronen versorgt werden. Unsere heutige Industrie-Nahrung kann den Körper kaum noch mit genügend Antioxidantien versorgen, um ihn vor dem Angriff von Freien Radikalen zu schützen.

Es ist davon auszugehen, daß unsere Vorfahren ungekochte, rohe Nahrung zu sich genommen haben, da ja auch das Feuer erst erfunden werden mußte. In roher Form enthalten Früchte und Gemüse eine Vielzahl natürlicher Antioxidantien, die heute leider durch die Zubereitung und Konservierung großteils verloren gehen. Die wichtigsten Antioxidantien sind die Vitamine A, C, E sowie die Mineralstoffe Selen und Bioflavonoide. Aber auch die geänderten Lebensweisen, ein erhöhter Streßfaktor, Umweltbelastungen und die gestiegene Lebenserwartung lassen den Bedarf an Antioxidantien in die Höhe schnellen. Der Körper hat erhöhten Bedarf und dieser muß ihm zur Verfügung gestellt werden.

5.4.7 Reinigung von Giften

Man-Koso reinigt den Körper und baut im Körper eingelagerte schädliche Substanzen ab. Es kann den lebensnotwendigen Reinigungsprozeß einleiten. Den aufgeschlossenen Enzymen gelingt es, die in den Zellen eingelagerten Gifte zu binden und zu den Ausscheidungsorganen abzuführen.

Man-Koso leitet zudem die säureproduzierenden Anteile aus und begünstigt das basische Milieu im Blut. Ein solches bildet die Grundvoraussetzung für die Gesundheit des Körpers und für das Wohlbefinden.

5.4.8 Stärkung bei Chemotherapie

Man-Koso macht viele schulmedizinische Behandlungen erst möglich. So schwächt es die schädlichen Nebenwirkungen zahlreicher Therapien, wie die der Chemotherapie merklich ab und gibt nach Abschluß von Behandlungen dem Körper die Kraft, sich schneller zu regenerieren.

Immer mehr Ärzte und Heilpraktiker setzen daher Man-Koso bei ihren Patienten zum größten Teil durch innere Anwendung sehr vielseitig erfolgreich ein.

Eine allmähliche Verschlechterung des Körperzustandes äußert sich häufig beginnend mit Konzentrationsschwund, Vitalitätsminderung, erhöhter Anfälligkeit für Infekte, Schlafschwierigkeiten und Vergiftungserscheinungen infolge von Übersäuerung.

Eine begleitende, unterstützende Anwendung von Man-Koso zur Verbesserung des körperlichen Gesamtzustandes ist empfehlenswert bei verschiedenen Therapien wie beispielsweise bei:

- ***Antibiotika-Therapie***
- ***Kortisontherapie***

- *Chemotherapie*
- *Mykosentherapie*

5.4.9 Hilfe bei Streß und den Folgen

Unzählige Erfahrungsberichte aus aller Welt zeigen, daß Man-Koso vor allem auch Menschen geholfen hat, die an den Folgen von oft jahrelangen Streß-Situationen gelitten haben.

Beispielsweise an:
- *Müdigkeit und Trägheit durch Lähmung in den Nervenbahnen*
- *Burn-Out Syndrom (schwere Erschöpfung)*
- *Schwäche durch anhaltende Sommererkältung*
- *Nervosität*
- *Schwindelerscheinungen im Kopf*
- *Nachlassen von Konzentration und Ausdauer*
- *Übergewicht*
- *Stoffwechselstörungen*

Man-Koso hilft Ihrem Körper sich schnell zu erholen und sich von seinen Altlasten zu trennen.

5.4.10 Erfolge bei Autoimmunerkrankungen

Bei den folgenden, zivilisationsbedingten Autoimmunerkrankungen zeigen sich durch eine kurartige Anwendung mit Man-Koso ebenfalls große Erfolge:
- *Rheuma*
- *Hauterkrankungen*
- *Herpes*
- *Allergie*
- *Sonnenallergie*
- *Heuschnupfen*
- *Pilzerkrankungen der Haut*
- *Akne, unreine Haut*

Man-Koso

5.4.11 Unterstützung bei Gefäßerkrankungen

- *Durchblutungsstörungen*
- *Blutungen unter der Haut*
- *Venenleiden*
- *Geschwollene Beine*
- *Diabetes*
- *Klimakterium (Wechselbeschwerden)*
- *Apoplexie (Schlaganfall)*

5.4.12 Aktivierung von Körperfunktionen und Regeneration

- *Herz- / Kreislaufleiden*
- *Gastritis, Magenprobleme unterschiedlicher Art*
- *Blähungen / Sodbrennen*
- *Verstopfung*
- *Dickdarmentzündung (Colitis Ulcerosa), Morbus Crohn*
- *Darminfekt*

5.4.13 Unterstützung des Atemapparates

- *Bronchitis, chronisch / akut*
- *Kehlkopfentzündung (Laryngitis)*
- *Raucherhusten*
- *Chronische Stirnhöhlenentzündung mit Vereiterung (Sinusitis)*
- *Nebenhöhlenentzündung akut / chronisch*

Man-Koso

6 Heilungskrisen

Es kann durchaus nach anfänglich auch großen Erfolgen zu Heilungskrisen kommen. Bitte verzagen Sie nicht, sondern lassen Sie dem Körper diese Verschnaufpause. Er sammelt neue Kräfte, um sich weiter von Man-Koso helfen zu lassen.

Man-Koso hat das natürliche Bestreben, den Körper in sein Gleichgewicht zu führen. Oftmals erscheint es, als würde Man-Koso dieses Ziel auf Umwegen angehen, dies ist aber nicht der Fall.

Man-Koso räumt nach und nach alle Barrieren zur Seite, um dem Kernproblem graduell nahe zu kommen und es zu beheben. Geben Sie Man-Koso die Zeit, die es dafür benötigt.

!

Bedenken Sie: Erstverschlimmerungen Ihres Zustandes können auftreten. Bitte werten sie diese als positives Zeichen Ihres Körpers. Ihr Körper reagiert auf Man-Koso. Setzen Sie Man-Koso nicht ab, sondern reduzieren Sie gegebenenfalls die tägliche Einnahmemenge. Nach kurzer Zeit wird sich Ihr Zustand normalisieren und dann rapide verbessern. Sie werden spüren, welche Prozesse positiver Art Man-Koso in Gang setzt. Seien Sie jedoch gefaßt. Auch kleine Heilungskrisen können dazu gehören. Bitte machen Sie weiter. Ihr Körper wird es Ihnen in Bälde danken.

7 Tiermedizin

Hauterkrankungen, Wunden, Geschwüre, Magenprobleme sowie Schwächezustände können meist innerhalb kürzester Zeit kuriert werden. Dabei spielt es keine Rolle, ob es sich um eine kleine Maus handelt oder um ein großes Rind.

Man-Koso wirkt wie Sonne, Luft und Wasser gleichermaßen positiv auf Menschen, Pflanzen und Tiere.

8 Allgemeine Regeln und Anwendung

Je länger eine Krankheit schon chronisch ist, desto länger sollten Sie Man-Koso Zeit lassen, bis es seine volle Wirkung unter Beweis stellen kann. Bedenken sie, daß auch Ihr Problem nicht von heute auf morgen aufgetreten ist. Der Körper hat sich oftmals daran gewöhnt, damit zu leben – deshalb wird die Krankheit sich auch nicht in Windeseile verabschieden. Bei kurzfristigen Erscheinungen ist die Wirkung oftmals allerdings sofort erkennbar.

Tagesmenge

3-5 g zur Gesunderhaltung (entspricht 3 Dosierlöffelchen)
Jeweils 1-2 g eine halbe Stunde vor den Mahlzeiten mit einem Glas Wasser.
Je nach Körperzustand kann die Menge auf 3 x 3 Dosierlöffelchen erhöht werden (ca. 15 g pro Tag).
Eine Überdosierung ist nicht möglich.

Wechselwirkungen

Man-Koso kann zu jeder Therapie begleitend verwendet werden, ohne Wechselwirkungen hervorzurufen.

Man-Koso

Spezialmethoden

Man-Koso kann auch verdünnt in die Nase gesprüht werden, um akuten Beschwerden im nasalen Bereich ergänzend entgegenzuwirken. Geben Sie in eine Nasensprühflasche Man-Koso im Verhältnis 1:2 mit abgekochtem kühlem Wasser gemischt. Sprühen Sie diese Mischung öfter am Tag in Ihre Nase und haben Sie den Mut, das Gemisch kräftig hochzuziehen. Die Grundverwendungsform ist allerdings die orale.

Haltbarkeit und Aufbewahrung

Man-Koso Produkte sind ungeöffnet mindestens 3 Jahre haltbar. Sie sollten nicht über 20°C gelagert werden. Nach Anbruch eines Glases Man-Koso sollte diese im Kühlschrank aufbewahrt werden und innerhalb von drei Monaten verzehrt werden.

Geschmack

Man-Koso kann geschmacklich mit Pflaumen-Mus in konzentrierter Form verglichen werden. Sie können die Energie spüren, mit der das Präparat angereichert ist.
Diese Energie geht direkt in Ihren Körper über.

Konsistenz

Man-Koso ist eine Paste, hat also eine mus-artige Konsistenz.

Anwendungsdauer

Bitte bedenken Sie, daß die Zellerneuerung innerhalb von ***sechs bis sieben Monaten*** im gesamten Organismus vollzogen wird und daher der Körper diese Zeit benötigt, um sich zu erneuern – regenerieren.
Eine Verwendung von Man-Koso kann nur einen längerfristigen Erfolg bringen, wenn Man-Koso während des gesamten Zell-Erneuerungsvorgangs regelmäßig - zumindest in Mini-Mengen gegessen wird.

Die längerfristige Verwendung kleinerer Mengen ist für den Körper besser und nachhaltiger als eine kurzzeitige Verwendung höherer Mengen. Bitte setzen Sie Man-Koso nicht abrupt ab! Hat sich Ihr Körper darauf eingestellt und beginnt, seine Körperfunktionen zu normalisieren und zu harmonisieren, sollte er erst einmal die Möglichkeit bekommen, diese Normalisierung als seinen „Idealzustand" zu erkennen und nicht gleich wieder „verwirrt" werden, indem er sich erneut umstellen muß und wieder ohne diese Unterstützung arbeiten muß.

Wir empfehlen zur Aktivierung und Steigerung der Körperfunktionen mit Man-Koso eine Kur von drei Monaten zu machen.

Bei größeren oder chronischen Beschwerden sollte Man-Koso länger verwendet werden.

Es bekommt dem Körper besser, wenn er über einen längeren Zeitraum täglich geringe Mengen Man-Koso erhält und zwar langfristig als wenn er über einen kurzen Zeitraum eine größere Menge erhält, dann aber abrupt abgesetzt wird. Jeder Mensch sollte für sich die ***ideale Menge*** herausfinden und auch den ***Zeitraum*** für den sein Körper Man-Koso braucht.

Hören Sie in sich hinein, Ihr Körper wird Ihnen mitteilen, wann er nach einer Man-Koso Pause wieder Bedarf anmeldet.

9 Man-Koso auf einen Blick

Einnahme-Zeiten

1. vor dem Frühstück mit einem Glas Wasser
2. 1/2 Stunde vor dem Mittagessen mit einem Glas Wasser
3. 1/2 Stunde vor dem Abendessen - „ -
4. oder zwei Stunden nach dem Essen
5. auch zum Essen
6. kann in nicht heißer Flüssigkeit verrührt werden

- eine Überdosierung ist nicht möglich, die empfohlene Einnahmemenge kann auch erhöht werden.

- Verträglichkeit mit Medikamenten ist gegeben

- es kann zu Erstverschlimmerungen wie bei der Homöopathie kommen

- sollten Erstverschlimmerungen auftreten, oder sehr unangenehm werden, dann:

- das Produkt ein oder mehrere Tage absetzen

- Einnahmemenge verringern

- der Hersteller empfiehlt auch, die Dosis zu erhöhen - umso schneller tritt eine Besserung ein.

Empfehlung: Machen Sie eine Drei-Monats-Kur

Und das Geheimnis hinter Man-Koso:

Man-Koso fängt die Radikalen und setzt das Immunsystem dadurch frei für seine wichtigste Aufgabe: Den Körper immun zu halten vor Krankheiten!

10 Erfahrungsberichte

10.1 Erfahrungsberichte - Mensch

• *Kai-Uwe B. 62 Jahre,* ***Prostata-Krebs***

Nach meiner Prostata-OP ging es mir sehr gut. Doch auf einmal stiegen die PSA-Werte wieder an. Ich ging zum Arzt, aber er meinte, für eine Therapie wäre es zu früh. Dann sah ich im Fernsehen einen Bericht über Man-Koso und dachte, so als Prophylaxe wäre das recht gut. Ich nehme Man-Koso dreimal am Tag mit dem kleinen Löffelchen ein. Nach dem zweiten Glas ging ich wieder zum Arzt und er stellte fest, daß die PSA-Werte wieder im absoluten Minimal-Bereich sind. Da war ich froh. Der Arzt fragte nicht und ich sagte nicht, was ich gemacht habe. Ich bin nur glücklich, daß mein Zustand mich wieder ruhig schlafen läßt.

• *Konstanze S. 57 Jahre,* ***Abgeschlagenheit, Müdigkeit***

Ich war ständig abgeschlagen und müde. Mein Arzt konnte nichts feststellen. Ich aß gesund - viel Obst und Gemüse - und wußte nicht, wie ich mich in Schwung bringen sollte. „Vielleicht kann Ihr Körper das Gesunde gar nicht aufnehmen", meinte mein Heilpraktiker und empfahl mir Man-Koso. Er meinte, das würde dem Körper erst die Möglichkeit geben, das Gesunde in den Körper reinzulassen. Oft stellt der Körper sich selbst gegen die Aufnahme. Mehr habe ich nicht verstanden. Aber ich nahm Man-Koso.

Ich wurde noch müder für ein bis drei Wochen, aber dann fühlte ich mich so frisch wie schon ewig nicht mehr. Ich bekam wieder Freude am Leben. Mein Schlafbedürfnis wurde geringer und ich fühlte mich aktiv. So kannte mich niemand mehr seit Jahren. Nach einer Kur von drei Gläsern hörte ich mit Man-Koso auf. Dann hielt die Aktivität für ca. neun Monate an. Ich entschied mich, noch eine Kur zu machen. Seitdem halte ich es so: Im Frühjahr mache ich eine Kur mit drei Gläsern, die etwa 4-5 Monate dauert, dann fühle ich mich das gesamte Jahr über frisch. Das ist es mir wert. So habe ich endlich wieder Freude am Leben und zwar über das ganze Jahr.

Man-Koso

• *Peter G. 64 Jahre,* ***hoher Blutdruck, Blutwerte allgemein***

Mein Blutdruck war immer hoch, aber als ich in Rente ging, stieg er erneut. Ich erfuhr von Man-Koso und aß es dreimal am Tag. Erst merkte ich nichts, aber nach zwei Wochen ging es mir besser. Ich reduzierte meine Medikamente, bevor ich zur Kontrolle zu meinem Arzt ging. Der gratulierte mir, daß mein Blutdruck und auch die Blutwerte viel besser geworden waren. Das war Man-Koso. Damit konnte er nichts anfangen, aber egal. Hauptsache, ich bin besser drauf als früher.

• *Anneliese M. 66 Jahre,* ***Rheuma***

Ich habe seit meinem 40. Lebensjahr Weichteilrheuma und nehme Kortison. Die Nebenwirkungen sind ja bekannt. Als ich die tägliche Dosis wieder erhöhen sollte, erfuhr ich von Man-Koso und begann es zu nehmen. Ich konnte die Kortisonmenge reduzieren und mir geht es sehr gut.

• *Herbert B. 46 Jahre,* ***Schlafstörungen***

Eigentlich konnte ich noch nie richtig gut schlafen. Seit ich großen beruflichen Streß habe, waren meine Nächte mit drei bis vier Stunden Schlaf noch weniger erholsam. Man-Koso hat mir geholfen. Ich schlafe endlich durch und das sogar sieben Stunden lang. Es ist großartig!

• *Carola B. 39 Jahre,* ***Verdauungsprobleme***

Seit ich Man-Koso regelmäßig esse - zwei- bis dreimal täglich - habe ich keine Verdauungsprobleme mehr. Früher ging bei mir ohne Abführmittel gar nichts. Und jetzt fühle ich mich pudelwohl - egal ob ich auf Reisen bin oder daheim.

• *Thorsten K. 35 Jahre,* ***Psoriasis***

Meine Psoriasis beschränkte sich auf die Ellbogen, an diesen Stellen allerdings war sie sehr ausgeprägt. Ich weigerte mich, Kortison zu nehmen, weil die Probleme lokal beschränkt waren. Ich achtete auf meine Ernährung und konnte keine Änderung

zum Guten feststellen. Man-Koso wollte ich einfach ausprobieren, weil ich auch andere kleine Wehwehchen hatte.
Der Erfolg war umwerfend. Ich hatte nicht erwartet, meine Psoriasis zu verlieren, aber innerhalb von zwei Monaten waren meine Ellenbogen wie neu. Und der Zustand hält noch immer an. Ich nehme Man-Koso in Mini-Mengen ein - ein Löffelchen pro Tag und ich fühle mich super.

- *Brigitte N. 28 Jahre,* ***Akne***

In meiner Pubertät hatte ich keine Probleme mit der Haut. Sie fingen erst an, als ich Streß im Beruf bekam. Ich litt unheimlich darunter, daß meine Haut vor allem im Gesicht so schlecht war. Eine Freundin hatte von Man-Koso gelesen und meinte zu mir: Das mußt du versuchen!
Statt viel Geld für Cremes und Gesichtswasser zu verwenden, solltest du es in Man-Koso investieren. Ich tat es und wurde so glücklich damit.

- *Michael R. 69 Jahre,* ***Schlaganfall***

Endlich bin ich wieder in der Lage, mich mitzuteilen und da ist es mir ein Anliegen, über Man-Koso zu schreiben. Das braune Mus ist mit verantwortlich, daß es mir wieder einigermaßen gut geht. Gleich nach meinem Schlaganfall zwang mich meine Schwiegertochter, die Paste zu essen. Anfangs weigerte ich mich, aber dann schmeckte es mir. Ich hatte aber keine Hoffnung, daß sich mein körperlicher Zustand bessern würde.
Aber es passierte. Ich fühlte mich einfach besser und jetzt sind die Folgen des Schlaganfalls kaum mehr zu spüren. Ich bin ganz sicher, Man-Koso hat großen Anteil daran.

- *Kirsten B. 56 Jahre,* ***Krampfadern mit Schmerzen***

Seit meine vier Kinder auf der Welt sind, habe ich Schmerzen wegen meiner tieferliegenden Krampfadern.
Man-Koso hat mir geholfen.
Ich spüre keine Schmerzen mehr und fühle mich sehr gut.

• *Maike A. 36 Jahre,* ***Schwangerschaft***

Ich lernte Man-Koso vor meiner Schwangerschaft kennen. Ich begann mit der Einnahme gleichzeitig mit der Schwangerschaft. Ich durchlief die neun Monate hervorragend und mir ging es super. Worüber meine Freundinnen klagten, verstand ich nicht. Unser Kind kam ohne Probleme auf die Welt und ist ein richtiger Wonneproppen. Bestimmt hat Man-Koso da mitgewirkt. Ich werde Man-Koso weiternehmen und schwangeren Frauen empfehlen.

• *Anna H. 72 Jahre,* ***Asthma mit Neurodermitis***

Erst war die Neurodermitis da. Seit 1972 leide ich daran und kämpfe unermüdlich dagegen. Mein gesamter Ernährungsplan wurde darauf abgestellt, aber die Erfolge waren sehr mäßig. Wie bei sehr vielen Menschen kam dann die Atemnot dazu. Ich konnte nicht mehr gut atmen. Mein Hausarzt meinte, daran müßte ich mich gewöhnen. Es hilft einzig und allein, Medikamente zu nehmen und die Menge nach dem Zustand zu richten. Das machte ich - zwar war meine Neurodermitis besser und ich konnte besser atmen, aber ich fühlte mich immer so schlapp.

Ich fing mit der Einnahme von Man-Koso an. Ich glaubte nicht so recht, daß mir dieses braune Gebräu helfen könnte. Nach ein paar Tagen war ich ganz müde. Man sagte mir, es könnte daran liegen, daß mein Körper sein Problem lösen will und daß das viel Kraft kostet. Auch wenn einer Probleme mit der Leber hat, wird er auf Man-Koso sehr müde. Der Körper entgiftet dann. Kann durchaus sein, daß die Medikamente mit den Jahren meine Leber geschädigt haben, dachte ich mir. Also aß ich Man-Koso weiter.

Nach etwa drei Wochen sah meine Haut schon besser aus, dann wurde es wieder schlimmer, aber ich hielt durch. Dann nach sechs Wochen gingen die Symptome wieder zurück. Ich habe die Medikamente reduziert und nehme sie heute nur noch, wenn es nicht anders geht. Das ist aber nur noch zwei- bis dreimal im Jahr für ein bis zwei Tage. Mein Asthma betrifft das übrigens genauso wie meine Haut. Ich nehme Man-Koso zweimal am Tag vor dem Frühstück und dem Mittagessen und trinke sehr viel Wasser.

• *Roland F. 59 Jahre,* ***Migräneanfälle, Bauchkrämpfe***

Ich kenne Man-Koso von einem Bekannten und nahm es gegen meine Bauchkrämpfe. Auf einmal waren die Beschwerden weg und auch meine Migräneanfälle, unter denen ich bei extremen Wetterbedingungen zu leiden hatte, waren verschwunden.

• *Natalia S. 29 Jahre,* ***Schilddrüsenkrebs***

Ich hatte einen akuten Schilddrüsenkrebs. Die Total-Operation und drei Radiojodtherapien waren ohne Erfolg. Ich wurde mit geringen Hoffnungen aus dem Krankenhaus entlassen – zum Sterben sozusagen. Ich unterbrach meine Umschulung zur Bürokauffrau für ein halbes Jahr und nahm mir einfach Zeit. Von meiner Mutter erfuhr ich über Man-Koso. Erst verwendete ich das stärkere Man-Koso Produkt, dann stieg ich auf Man-Koso Premium um. Ergänzend machte ich eine Entwurmung mit Walnuß-Tinktur. Ich bin überzeugt, daß mir vor allem Man-Koso geholfen hat. Obwohl meine Perspektiven nach Aussagen der Ärzte sehr schlecht waren, verbesserten sich meine Werte und Tumormarker bei den Nachuntersuchungen auf einmal ständig. Mir geht es heute wieder sehr gut! Im Abstand von sechs Monaten gehe ich weiter zu Untersuchungen. Alle Ergebnisse sind sehr erfreulich. Ich nehme Man-Koso weiter in Minimengen ein.

• *Martha T. 54 Jahre,* ***Heuschnupfen, Allergie, Asthma***

Bis zu meinem 42. Lebensjahr kannte ich Heuschnupfen nur vom Hörensagen. Im Frühjahr 1988 wurde ich akut davon betroffen. Die Augen verquollen, die Nase lief, ich fühlte mich niedergeschlagen. Diagnose: ausgeprägte Gräser- und Baumpollenallergie, von Februar bis September akut. Anti-Allergika halfen nicht, machten nur zusätzlich müde. Bronchien wurden

in Mitleidenschaft gezogen, Atembeschwerden kamen dazu. Cortison-Sprays sollten eine Desensibilisierung erreichen, aber eine Vierteldosis des Mittels führte zu einer so starken negativen Reaktion, daß der Versuch abgebrochen werden mußte.
Als letzter Versuch sollte eine Nordsee-Kur Linderung bringen - ebenfalls ohne Erfolg.
Der Arzt stellte sehr ungünstige Prognosen.
Als ich erstmals einen Beutel (fünf Gramm) Man-Koso über den Tag verteilt zu mir nahm, verspürte ich nach vier Wochen eine Stärkung des Körpers mit vermehrtem Bewegungsdrang und verringerter Ermüdung. Ich war begeistert von Man-Koso und voller Erwartung, ob auch meine Allergie nachlassen würde. Bereits im Februar des folgenden Jahres, als ich sonst bereits Niesanfälle bekam, blieben diese Symptome aus. Und auch die damit verbundenen Beschwerden traten nicht mehr auf. Selbst in der allergischen Hoch-Zeit zwischen Mai und September kamen keine der bekannten Beschwerden zum Vorschein - bis heute. Ich bin davon überzeugt, daß Man-Koso mich von meiner schweren Allergie befreit hat.

• *H. L. 79 Jahre,* ***Lungensarkom***

Ich litt an einem Lungensarkom mit schlechten Prognosen, als ich von Man-Koso erfuhr. Ärzte rieten von einer Chemotherapie aufgrund meines schlechten Allgemeinzustandes ab und gaben mir wenig Überlebenschancen. Als ich begann Man-Koso einzunehmen, kam erst mein Appetit zurück, dann verschwanden meine unerträglichen Schmerzen und schließlich bekämpfte mein Körper erfolgreich das Lungensarkom. Seit über vier Jahren nun sind alle Nachuntersuchungen ohne Befund und ich fühle mich sehr gut. Ich schwöre auf Man-Koso und verwende es regelmäßig in kleinen Portionen vor den Hauptmahlzeiten.

• *Erika S. 49 Jahre,* ***Bronchialasthma***

Bei mir wurde während der ersten Schwangerschaft Asthma festgestellt. Als es später nicht verschwand, bekam ich zunächst Antibiotika, die mir nur vorübergehend Linderung verschafften. Ich litt zusätzlich auch an einer Pollenallergie. Die Beschwerden machten sich mit gravierender Atemnot bemerkbar, so daß ich nur noch kurze Gehstrecken bewältigen konnte. Seit dieser Zeit inhalierte ich anfangs Cortison, später nahm ich Cortison-Tabletten ein. Dann nahm ich zum ersten Mal Man-Koso, nur einen Portionslöffel am Tag. Ich nehme nun das dritte Glas, bin überglücklich, da ich überhaupt keine Beschwerden mehr habe und vor allem wieder gut durchatmen kann. Cortison-Tabletten gehören der Vergangenheit an.

• *Hans-Dieter W. 59 Jahre,* ***Dickdarmkrebs***

Nach der Operation eines Dickdarmkrebses konnte ich das Haus nur nach Einnahme von Morphin Opium verlassen, da ich rund 40–50-mal täglich zur Toilette gehen mußte. Da fing ich mit dreimal täglich einem Portionslöffel Man-Koso an. Schon nach zwei Wochen verspürte ich keine Beschwerden mehr und die Ärzte sehen keine Krankheitsanzeichen mehr an mir.

• *Martin G. 43 Jahre,* ***Rektum-Karzinom***

Bei mir wurde ein Rektum-Karzinom mit Beteiligung des Magen-Darm-Dickdarmbereiches im Anfangsstadium diagnostiziert. Ich lehnte sowohl eine Operation als auch eine Chemotherapie ab. Als ich in einer TV-Sendung von Pfarrer Fliege Man-Koso kennen lernte, entschloss ich mich, das Mittel sofort einzunehmen – dreimal täglich zwei Portionslöffel. Bereits wenige Wochen später war ich vollkommen beschwerdefrei. Ich nehme Man-Koso dauerhaft ein.

• *Erika B. 34 Jahre,* ***Zyste***

Vor einem Jahr wurde bei mir durch Kernspintomographie eine Zyste mit fünf Millimeter Durchmesser in der linken Hüftkugel festgestellt. Sie ist nach regelmäßiger Einnahme von Man-Koso fast verschwunden.

• *Walter B. 60 Jahre,* ***Prostata-Krebs***

Bei mir wurde ein Prostata-Karzinom mit Metastasen an der Hüfte und im Rücken festgestellt. Mein PSA-Wert war 50,0.

Ich fing mit einer Therapie mit Anti-Androgen in Spritzen- und Tablettenform an und begann Man-Koso mit drei bis vier Portionslöffeln am Tag einzunehmen. Ein Jahr später sank der PSA - Wert auf 0,08. Untersuchungen ergaben, daß alle Metastasen verschwunden waren. Ich bin felsenfest davon überzeugt, daß Man-Koso mein Leben gerettet hat.

- *Hertha G. 47 Jahre,* ***Heuschnupfen***

Ich litt zehn Jahre lang unter Heuschnupfen und mußte immer mit Cortison behandelt werden. Dann erfuhr ich von Man-Koso. Bereits nach 14-tägiger Einnahme der Paste hatte ich schließlich keine Beschwerden mehr. Es war unglaublich.

- *Elisabeth L. 58 Jahre,* ***Diabetes***

Ich leide seit etwa acht Jahren an Diabetes und sehr schwankendem Blutzuckerspiegel – und das trotz Tabletten, die ich regelmäßig einnehme. Als ich von Man-Koso erfuhr, dachte ich, ich versuche es. Mir wurde geraten, mit minimalen Mengen zu beginnen, da ja Fruchtzucker in Man-Koso enthalten ist und dadurch Schwankungen im Blutzuckerspiegel auftreten könnten. Ich probierte es trotzdem und maß den Spiegel mehrmals täglich, um das Risiko niedrig zu halten. Die ersten fünf Tage fühlte ich mich eher müde, doch nach einer Woche verspürte ich auf einmal richtig Energie. Die Schwankungen traten nicht auf. Nach Wochen nahm ich ein bisschen mehr Man-Koso, d.h. zwei Löffelchen pro Tag. Nach vier Wochen erhöhte ich sogar auf drei Portionen. Nun geht es mir damit schon seit einem Jahr hervorragend. Mein gesamter Zustand ist stabiler geworden und ich bin nicht mehr so müde. Ich trinke sehr viel Wasser über den Tag verteilt, etwa 2,5 Liter.

- *Renate B. 62 Jahre,* ***Durchblutungsstörungen***

Ich leide vor allem im Sommer an Durchblutungsstörungen. Die Gründe sind unbekannt. Mein Hausarzt empfahl mir immer viel zu trinken und darauf zu achten, daß ich auf mindestens zwei Liter Wasser pro Tag komme. Aber so einfach ist das nicht.

Bei schlechtem Wetter habe ich keinen Durst und dann trinke ich weniger. Das Kribbeln in den Armen und Beinen und das Taubheitsgefühl blieben. Angst war mein ständiger Begleiter. Nach dem ersten Glas Man-Koso fühlte ich nicht nur kein Kribbeln mehr und keine Taubheit. Ich bin auch sonst viel frischer und fröhlicher. Die ersten zwei Wochen war ich freilich ganz kaputt und erschlagen. Jetzt geht es mir prima und ich habe auch viel mehr Durst. Es scheint, mein ganzer Körper hat sich umgestellt. Vielen Dank, jetzt freue ich mich auf den Sommer.

• *Christian H. 68 Jahre,* ***chronische Knochenhautentzündung***

Als Kind zog ich mir beim Fußballspielen einen offenen Schienbeinbruch zu, der nicht mehr verheilte. Ein halbes Jahr verbrachte ich im Krankenhaus und mein Bein wurde gerettet. Lediglich ein Schorf blieb zurück. Im Alter von 58 Jahren entzündete sich diese offene Stelle erneut und ich begab mich in stationäre Behandlung. Wieder hatte ich Glück und das Bein konnte gerettet werden. Stets blieb aber dieser Schorf zurück und diese eine Stelle verheilte nicht. Dann bekam ich ein Glas Man-Koso geschenkt. Ich nahm es ein zur Stärkung allgemein. Nach drei Wochen begann die offene Stelle am Bein zu eitern und ich bekam es mit der Angst zu tun. Ich suchte den Arzt im Krankenhaus auf, der mir vor einigen Jahren geholfen hatte. Dieser war erstaunt und gratulierte mir: „Wie haben sie denn das geschafft. Das ist ja großartig. Endlich kommt dieser Dreck von innen heraus. Ihr Körper stößt endlich diese Fremdkörper ab. Endlich hat er die Kraft dazu." Nach rund drei Wochen war die Wunde verheilt und ist seitdem zu.

• *Bernhard T. 65 Jahre,* ***Dickdarmkrebs***

Ich bekam nach einer Dickdarm-OP einen künstlichen Darmausgang. Mein Allgemeinzustand war sehr schlecht, nachdem ich lange Zeit so gut wie nichts mehr essen konnte. Die Ärzte gaben mir nur noch wenige Überlebenschancen.
Nachdem ich das Krankenhaus verlassen konnte, begann ich mit der Einnahme von Man-Koso mit viermal täglich einem Portionslöffel. Bereits nach Einnahme des ersten Glases verspürte

ich eine starke Verbesserung meines Allgemeinzustandes. Ich habe an Gewicht zugenommen und fühle mich inzwischen pudelwohl.

• *Walter J. 67 Jahre,* ***Leberkrebs***

Bei mir wurden zwei Metastasen in der Leber festgestellt und die Ärzte hatten mich bereits aufgegeben. Dann begann ich einen Beutel Man-Koso pro Tag einzunehmen. Jetzt kann ich wieder Auto fahren und sehe viel besser aus. Nebenbei erhalte ich allerdings auch eine Chemotherapie. Die Metastasen sind verschwunden und die Ärzte verblüfft.

• *Sabine D. 44 Jahre,* ***Migräne***

Ich leide seit meinen zwei Schwangerschaften an Migräne. Während meiner Anfälle war mir schlecht und ich mußte oft stundenlang im Bett liegen. Dann nahm ich dreimal am Tag ein Löffelchen Man-Koso. Es verging eine Woche, die zweite, die dritte, mehr als ein Monat und ich hatte keinen Anfall. Dann war das Glas leer und ich hatte noch immer keinen Migräneanfall. Das muß an Man-Koso liegen. Ich habe dann ein neues Glas bestellt, nehme aber nur noch zwei Löffelchen am Tag. Mir geht es sehr gut dabei. Es ist teuer, aber die Lebensqualität ist enorm gestiegen. Lieber spare ich an anderer Stelle und fühle mich gut. Ich will auf Man-Koso nicht mehr verzichten.

• *Heinrich G. 73 Jahre,* ***Krebs (Non-Hodgkin-Lymphom)***

Wegen meiner Krebserkrankung nahm ich Man-Koso genau nach Anweisung jeweils eine halbe Stunde vor jeder Mahlzeit ein. Im letzen Jahr mußte ich mich zweimal einer sechsmaligen Chemotherapie unterziehen – ich vertrug die Therapie sehr gut. Kurz danach teilte mir der Arzt mit, daß der Krebs „total aufgelöst" sei, er wäre wie „weggeschmolzen".
Auch die drei Verhärtungen in der Lunge waren alle weg.

Man-Koso

• *Herbert K. 78 Jahre, **offene Beine***

Seit zehn Jahren leide ich am linken Unterschenkel an einem offenen Bein. Ich habe schon alles versucht, um die Haut wieder zuwachsen zu lassen: Wickel, Kräuter, Medikamente. Das Einzige was hilft, sind starke Medikamente vom Arzt, die bei mir aber so starke Nebenwirkungen hervorrufen, daß ich sie wieder abgesetzt habe. Als ich Man-Koso zu nehmen begann, passierte erst gar nichts. Dann begann mein Bein zu jucken und ich bekam richtig Angst. Meine Schwiegertochter drängte mich dazu, Man-Koso weiterhin dreimal am Tag eine halbe Stunde vor den Mahlzeiten zu essen. Und nach sechs Wochen, ich hatte gerade das zweite Glas angefangen, geschah fast ein Wunder. Unter meinem Verband, den ich täglich wechseln muß, sah ich feine, zarte, rosa Haut. Ich war überglücklich. Nach weiteren zwei Wochen wurde die Haut fester und nun habe ich schon seit einem Jahr ein geschlossenes Bein. Ich esse nach wie vor Man-Koso mit dem winzigen Löffelchen und bin ganz glücklich und zufrieden.

• *Heinrich M. 58 Jahre, **Psoriasis***

Seit 20 Jahren leide ich an Schuppenflechte. Mal ist sie schlimmer, mal weniger schlimm. Aber in den letzten fünf Jahren waren meine Ellbogen und meine Hände ständig rauh. Teilweise war die Haut so rissig, daß sie blutete. Die einzige Linderung gab es durch Cortisonsalben in großen Mengen. In der Nacht schlief ich sehr schlecht, sobald es unter der Decke warm wurde, juckten auch meine Kniekehlen und die Fußsohlen. Ich konnte keine Nacht mehr durchschlafen.

Ich begann mit zwei Löffelchen Man-Koso am Tag. Es passierte drei Wochen lang gar nichts. Doch dann sah ich, daß an den rissigen Stellen am Ellbogen Haut von unten nachwuchs. Dasselbe geschah auch an den Händen. In der Nacht schlief ich immer besser. Das war vor einem halben Jahr. Jetzt sehen auch meine Beine und Füße schon sehr gut aus und ich schlafe hervorragend. Meine Nervosität hat sich ebenfalls gelegt und ich bin ein ganz anderer Mensch geworden.

• *Ernst L. 49 Jahre,* ***Rippenfelltumor***

Man-Koso hat bei mir wahre Wunder bewirkt. Vier Monate nach der Operation eines Rippenfelltumors konnte man bei einer Nachuntersuchung nichts mehr feststellen. Außerdem hatte ich nach einer Hüftoperation ständig Durchfall. Anfangs 12- bis 15-mal täglich. Heute ist mein Stuhlgang völlig normal. Ich glaube, daß Man-Koso wesentlichen Anteil an meiner Besserung hat. Ich fühle mich im Ganzen „top".

• *H. M. 58 Jahre,* ***Schlafprobleme, innere Unruhe***

Seit meiner Frühpensionierung leide ich unter ständigen Schlafproblemen und unter innerer Unruhe. Das hat einen sehr erhöhten Blutdruck zur Folge. Ich treibe viel Ausgleichssport und gehe viel an der frischen Luft spazieren. Richtige Besserung meines Zustands allerdings erfuhr ich erst durch Man-Koso, von dem ich unsagbar begeistert bin. Seit sechs Monaten nehme ich das Präparat zweimal am Tag ein - morgens vor dem Frühstück und am Nachmittag. Ich fühle mich wie neu geboren und empfinde endlich wieder richtige Lebensqualität. Nach zwei Monaten waren meine Schlafprobleme verschwunden und mein Blutdruck pendelte sich nach etwa drei Monaten ein.

• *Christa F. 34 Jahre,* ***Schwangerschaft***

Ich war im siebten Monat schwanger, als sich bei mir der Muttermund so weit öffnete, daß ich Bettruhe verordnet bekam. Als ich von Man-Koso hörte, nahm ich dieses sofort zu mir. Der nächste Termin drei Wochen später beim Gynäkologen verlief sehr erfreulich: Der Muttermund hatte sich wieder geschlossen. Ich konnte bis zur unkomplizierten Schwangerschaft meinen täglichen Verpflichtungen nachkommen und brachte ein vollkommen gesundes Baby zur Welt. Bis dahin nahm ich ständig Man-Koso.

Man-Koso

• *Susanne Tr. 29 Jahre,* ***Hautallergie***

Seit ich eingeschult wurde, leide ich unter einer starken Hautallergie, die durch Nahrungsmittelunverträglichkeit ebenso wie durch Sonne ausgelöst werden kann. Mein Heilpraktiker meinte, ich sollte auf jeden Fall Man-Koso eine Chance geben. Ich kaufte ein Glas und begann es im Februar - vor der sonnenintensiven Zeit - zu essen. Zweimal am Tag, weil ich keine Überreaktion riskieren sollte. Nach ein paar Tagen fühlte ich mich schon besser und nach vier Wochen wieder schlechter. Aber ich aß Man-Koso weiter und nach schon sechs Wochen gingen alle meine Symptome zurück.

• *Karin P. 59 Jahre,* ***Wechselbeschwerden***

Meine Wechselbeschwerden bekam ich einfach nicht in den Griff. Ich fühlte mich schlecht, unruhig, müde, deprimiert und nutzlos. Medikamente halfen mir nicht, weder rein chemische noch solche auf pflanzlicher Basis. Ich kam mir vor wie ein anderer Mensch. Zu dem nahm ich auch noch ständig zu und mein Appetit war nicht zu zügeln. Nach jeder Diät wurde es schlimmer, weil diese auch noch meine Nerven strapazierte. Ein Bekannter erzählte mir, es gäbe ein japanisches Lebensmittel. Das sei ein Wundermittel, das bei allen Beschwerden eingesetzt werden könne, weil es die Ursache und nicht das Symptom bekämpfe. Ich begann unmittelbar mit der täglichen Einnahme von drei Löffelchen Man-Koso. Erst schien alles noch schlimmer zu werden - außer meinem Appetit, der schwand. Aber ich fühlte mich insgesamt sehr schlecht. Als ich dann spürte, daß ich weniger Lust auf Essen hatte, fühlte ich mich innerlich besser und nach und nach verschwand das Schwitzen am Tage und nachts. Ich schlief besser, der Auftrieb kam zurück und die Depressionen, die mich schier gelähmt hatten, verschwanden. Ich konnte den kommenden Frühling richtig genießen und meine Lebensfreude war wieder da.

*• Martina U. 32 Jahre, **Weißfleckenkrankheit (Vitiligo)***

Gegen meine Weißflecken-Krankheit war jahrelang kein Kraut gewachsen. Ich versuchte alle bekannten Therapien – erfolglos. Seit ich Man-Koso mit einer Dosierung von dreimal zwei Löffelchen pro Tag nehme, haben sich nicht nur die Flecken nicht vergrößert. Mein großer Fleck am Ellbogen hat sogar wieder Farbe angenommen. Heute geht es mir sehr gut und die Krankheit ist völlig zum Stillstand gekommen.
Auch alle anderen Flecken an meinem Körper nehmen langsam wieder ihre natürliche Hautfarbe an.

10.2 Erfahrungsberichte - Tiere

• Allergische Katze „Tiger" aus München:

Seit Jahren war Tiger allergisch und hatte einen kahlen Bauch, erzählt Frau S. P. Sie probierte Man-Koso aus und zwar mit Erfolg. Nach 6-7 Wochen wuchs das Fell bei Tiger wieder auf dem Bauch und auch die Tierärztin von Tiger empfiehlt Man-Koso jetzt weiter.

• Hund mit bösartiger Geschwulst an der Milz

Hund hatte Milchdrüsenkrebs, der operiert wurde und eine bösartige Geschwulst an der Milz, die nach der Einnahme von Man-Koso innerhalb 1 Monat verschwand.
Der Tierarzt war erstaunt.

• Hund mit Fellproblemen

Ständig kratzte sich der Hund von H. R. und konnte es nur noch mit Cortison aushalten. Nach einem halben Jahr half nicht einmal mehr das Frau R. versuchte es mit Man-Koso und der Hund wurde wieder gesund. Das Fell wuchs nach und er braucht kein Cortison mehr. Jetzt nimmt auch Frau R. Man-Koso gegen ihre Pollenallergie und ist enorm zufrieden.

Man-Koso

• ***Hund (Cocker-Spaniel) mit Geschwulst im Maul***

Bob hatte im Maul ständig eine Geschwulst, die ihm das Fressen verleidete. Der Tierarzt versuchte es mit allen möglichen Medikamenten und mit Naturprodukten. Mit sehr mäßigem Erfolg. Der Hundehalter las einen Artikel über Man-Koso und verabreichte es dreimal täglich über 4 Wochen. Dann verschwand auf einmal die Geschwulst im Maul und der Hund fraß wieder. Er erfreut sich bester Gesundheit. Und bekommt ab und zu sein Man-Koso, damit es auch so bleibt.

• ***Hund (Pudel)***

Luna lief sich ständig die Pfoten wund und hatte große Probleme mit Fellausfall. Man-Koso behob alle Leiden innerhalb 2 Monaten.

• ***Hund (Labrador)***

Flott hatte eine Geschwulst am Gesäuge und wurde vom Tierarzt behandelt. Der Erfolg blieb aus, bis begleitend Man-Koso gegeben wurde. Nach 4 Wochen war Flott wieder gesund.

• ***Katze mit Diabetes***

Die ältere Katze Prinzeßchen litt an Diabetes, hatte Haarprobleme und war einfach schlapp. Man-Koso machte sie innerhalb von 14 Tagen wieder vital und das Fell wurde weich und glatt.

• ***Kater war total geschoren, sah schrecklich aus.***

Seit er Man-Koso bekommt, hat er ein Fell wie aus dem Bilderbuch!

• ***Katze mit Geschwür am Kopf***

OP Termin stand fest in 14 Tagen. Dann bekam sie Man-Koso und der Termin konnte abgesagt werden.
Das Geschwür war vollkommen verschwunden.
Die Liste könnte endlos fortgesetzt werden.

11 Schlußwort: Warum Neues sich so schlecht durchsetzt?

Nehmen wir einmal an, ein Arzt entdeckt in seiner täglichen Praxis eine Behandlung gegen AIDS. Er setzt diese Behandlung fortlaufend bei 200 Patienten ein und kann sie heilen, ohne daß ein einziger Mißerfolg auftritt.

Das wird „Einzelfallbeschreibung" genannt und von der etablierten Schulmedizin nicht als stichhaltige Wissenschaft akzeptiert.

Wenn ein Arzt nicht...

a. Hunderte Millionen Euros zusammenkratzen kann, die man durchschnittlich braucht, um die Tests durchzuführen, die die offiziellen staatlichen Zulassungsbehörden fordern, und

b. sechs bis zehn Jahre damit verbringt, einen meterhohen Stapel an Papier für die Gesundheitsbehörden auszufüllen, hat er

c. Pech gehabt (und mit ihm auch wir alle)

Warum?

Weil sein Heilmittel eine „nicht zugelassene Substanz" ist.
Es kann ihm sogar als Quacksalber die Erlaubnis zur Ausübung der Heilkunde entzogen werden.

Und sollte sein Heilmittel von einem Ananasstiel, einem Baumstamm oder einer Knoblauchzehe stammen, handelt es sich um eine nicht patentierbare natürliche Substanz, und es wird keiner pharmazeutischen Firma auch nur einen Cent wert sein, es als Medikament zu verkaufen.

Man-Koso

Daher wünschen wir Ihnen:

Leben Sie länger und gesünder!

Werden Sie leistungsfähiger!

Lassen Sie Ihre Krankheit nicht zu Ihrem Schicksal werden!

Probieren Sie es aus und erfahren Sie es selbst!

Verbessern Sie Ihre Blutwerte!

Verlängern und verbessern Sie Ihr Leben!

Werden SIe gesund und bleiben SIe es mit den Kräften der Natur!

Lasse Sie Man-Koso zu Ihrem Jungbrunnen werden!

Genießen Sie Ihr Leben mit Man-Koso!

Anhang: Der wahre Grund, warum Man-Koso entwickelt wurde:

Wie bereits erwähnt, war es das Ziel des Erfinders, Frauen während ihrer Schwangerschaft zu stärken und sie gesunde Babies zur Welt bringen zu lassen.
Ihn bewog die ständig steigende Zahl an Risikoschwangerschaften und die vielen vorzeitig beendeten Schwangerschaften dazu, ein gesundes Lebensmittel zur Verfügung zu stellen, das schwangeren Frauen eine problemlose und sorgenfreie Schwangerschaft ermöglicht und vor allem sie das Kind volle neun Monate austragen läßt.
Um dieses Ziel zu erreichen, empfiehlt Dr. Matsuura bereits Frauen und Männern, die sich ein Kind wünschen, Man-Koso

über einen Zeitraum von etwa 3 Monaten regelmäßig zu essen. So wird bereits vom ersten Tag des neu entstehenden Lebens alle Kraft von Man-Koso über den männlichen Samen und die weibliche Eizelle an das entstehende Wesen weitergegeben.
Von der begonnenen Schwangerschaft an sollte die werdende Mutter regelmäßig Man-Koso zu sich nehmen.
Dann wird sie in den ersten 3 Monaten ihrer Schwangerschaft weit weniger bis gar keine Probleme mit Übelkeit haben und wird auch diese für den Körper anstrengende Zeit mit viel Elan statt mit Müdigkeit und Erschöpfungszuständen genießen können. Man-Koso kann zur Stabilisierung ihrer gesamten physischen und psychischen Situation beitragen.
Das heranwachsende Leben wird so bestens versorgt.

Die regelmäßigen Untersuchungen während der Schwangerschaft bestätigen es:
Die Blutqualität der Mutter wird durch Man-Koso positiv beeinflußt, der Hb Wert fällt nicht ab, wird eher konstant gehalten. Der Embryo entwickelt sich prächtig.
Frauen, die Man-Koso während der neun Monate zu sich nehmen, fühlen sich nicht nur über den gesamten Zeitraum sehr wohl, sie müssen auch nicht fürchten, die Schwangerschaft würde durch eine vorzeitige Öffnung des Muttermundes zu früh beendet, was unangenehme Konsequenzen für Mutter und Kind mit sich bringen könnte.
Doch selbst, wenn Frauen erst nach begonnener Schwangerschaft von Man-Koso erfahren oder sich erst im fortgeschrittenen Stadium dazu entschließen sollten, Man-Koso zu essen, tun sich und dem Baby ebenfalls etwas sehr Gutes.
Erfahrungsberichte ergeben, daß Frauen, deren Muttermund sich vorzeitig öffnet und mit der Gefahr einer früher zu Ende gehenden Schwangerschaft konfrontiert werden, stets Man-Koso nehmen sollten, um dieses Problem zu beheben.
Unzählige Fälle belegen, daß sich der Muttermund dank Man-Koso selbständig wieder schließt und die Schwangerschaft erst nach 9 Monaten mit der Geburt eines gesunden Kindes beendet werden kann. Dies ohne Bettruhe der Mutter, sondern bei normalem Tagesablauf.

Informationen in der Schweiz:

Bioladen Grüenfeld
Grüenfeld 2
8833 Samstagern

Man-Koso International AG
Route des Pilettes 1
1700 Fribourg

Dr. DJ Kuhenuri
Bahnhofstr. 7
4600 Olten

Informationen in Deutschland:

Christa Röntgen
Johann-Sebastian-Bach-Str. 6
95448 Bayreuth, Deutschland

Benimed
Thomasweg 5
21244 Buchholz

Dr. Ottmar Bengert
Eichhörnchenweg 10
21256 Handeloh-Höckel

Dr. Helmut Zartner
Braunhofstr. 40
95445 Bayreuth

Medizinzentrum Schwind
Waldmannstr. 4
89233 Neu-Ulm Burlafingen

Fa. Rademacher
Karl-Liebknecht-Str. 2
16816 Neuruppin

Brigitte Versand
Maybachstr. 7
70839 Gerlingen

Brigitte Schlüter
Friesenweg 5
49186 Bad Iburg

Ghori Health Center
Fruchtallee 83
20259 Hamburg

Holomed
Dachhorstweg 1
49828 Neuenhaus

Informationen in Tschechien:

SBL Smarte Brand Laboratories
Harnychovice 753
74266 Stramberk
CZ

Informationen in den Niederlanden:

Silderhuis
Postbus 27
7630 A.A. Ootmarsum

Informationen in Taiwan:

Hui-Ring Co., Ltd.
Taipei

Informationen in den USA:

Magnus Enterprises Inc.
Californien

Informationen in Singapur:

Singnan Advertising Agency

Informationen in San Marino:

All Trade S.R.L.

Informationen in Ägypten:

Lucky Star KG
Kairo

Informationen in Indonesien:

PT. Sparindo Mustika
Jakarta

Informationen in Kanada:

Eiichi Nakui
Notario

Informationen in Hong Kong:

Hong Hwa International Films HK Ltd.
Kowloon

Informationen in Italien:

Fa. Niedermeier
Arese

Informationen in Saudi Arabien:

News Corporation
Jeddah

Informationen in Malaysia:

Marketplace Pte. Ltd.

Informationen in den Vereinigten Arabischen Emiraten:

Man-Koso Gulf
PO Box 7853
Saif Fze
Sharjah
U.A.E.